H. BERTHÉLEMY

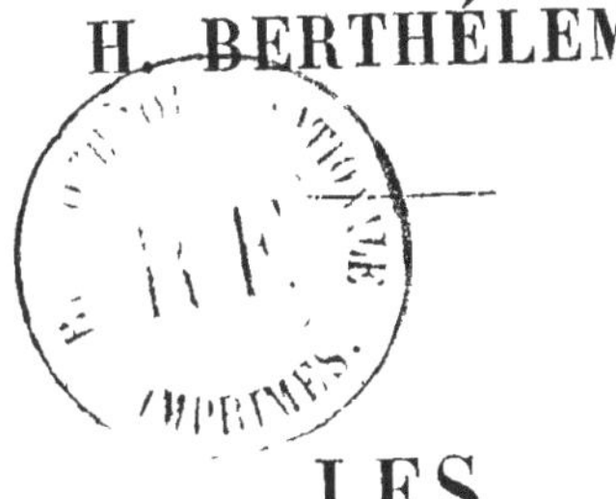

LES
PUPILLES DE LA PATRIE

EXTRAIT DE LA *REVUE DES DEUX MONDES*
(N° du 1er janvier 1916)

PARIS
TYPOGRAPHIE PHILIPPE RENOUARD
19, RUE DES SAINTS-PÈRES, 19

1916

Cordial hommage
H. Berthélemy

H. BERTHÉLEMY

LES
PUPILLES DE LA PATRIE

EXTRAIT DE LA *REVUE DES DEUX MONDES*
(N° du 1er janvier 1916)

PARIS
TYPOGRAPHIE PHILIPPE RENOUARD
19, RUE DES SAINTS-PÈRES, 19
1916

LES "PUPILLES DE LA PATRIE"

Nous avons tous conscience du devoir qui s'impose à l'État de secourir les enfans de ceux qui succombent pour la défense de la patrie.

Nous sommes unanimes à reconnaître que cette aide nationale doit se manifester moralement et financièrement, et que les pouvoirs publics ne peuvent pas plus se désintéresser de la question d'éducation que de la question d'entretien matériel des « orphelins de la guerre. »

Il est plus difficile de s'entendre quand il s'agit de déterminer la forme et la mesure de cette intervention nécessaire. La complexité du problème apparaît en effet, aussitôt qu'on en serre de près les données, et dès qu'on s'évertue à préciser les points sur lesquels notre législation appelle une réforme pour mieux s'adapter aux besoins nouveaux universellement reconnus.

La question d'ordre financier est de beaucoup la plus simple. L'État servira des pensions à ceux que le travail du père ne peut plus soutenir. Le principe en est déjà posé dans nos institutions militaires. Aux veuves et aux orphelins des soldats morts au service de la France, la loi du 11 avril 1831 alloue une indemnité viagère.

La pension prévue par ce texte varie seulement avec le grade de la victime. On estimait en effet, en 1831, qu'une récompense toujours égale est due en retour d'un sacrifice toujours pareil. On change aujourd'hui de point de vue. La pension apparaît principalement comme un secours pour ceux qui survivent. Il en faudrait conclure qu'elle peut être refusée quand l'aisance de la famille lui permet de s'en passer. Nous ne pensons pas qu'on l'admette. Mais inversement, on en déduira qu'on doit, lorsque la pension est nécessaire, la proportionner aux besoins des survivans. On se dispose à majorer la pension modique de la veuve en raison du nombre des orphelins restés à sa charge. Cela semble raisonnable, et tout le monde y peut souscrire.

Autrement angoissant est le problème moral. Non, certes, que nos institutions civiles et publiques soient ici prises au dépourvu. Il existait des orphelins avant que la guerre ait massacré des pères de famille. Le Code civil, conservateur de nos vieilles coutumes, continuateur de nos traditions familiales, a maintenu pour eux l'institution de la tutelle, minutieusement réglementée, théoriquement satisfaisante. Comme, d'autre part, l'expérience a révélé l'inefficacité de cette protection pour les orphelins dépourvus d'une famille même élémentaire, nos lois administratives sont venues au secours de ces derniers en instituant un succédané de la tutelle civile : c'est la tutelle nationale exercée par les services départementaux d'assistance publique.

Tutelle familiale, tutelle nationale, cela ne suffit-il pas? Ne trouvons-nous pas dans l'une ou dans l'autre, suivant les espèces, les secours matériels et les moyens d'éducation que réclament les orphelins de nos défenseurs? On répond unanimement : Non !

Il faut mettre en lumière la raison de cette unanimité pour faire saisir la complexité du double problème qui sollicite l'attention du législateur.

Il faut rappeler pourquoi la tutelle du Code civil ne suffit pas pour sauvegarder les droits des orphelins demeurés sous la garde de leurs proches. Il faut indiquer les motifs qui ne nous permettent pas de demander aux institutions d'assistance publique l'aide nécessaire aux orphelins restés sans famille.

***

La tutelle civile n'apparaît dans notre pratique moderne que comme une formalité juridique principalement destinée à la conservation du patrimoine.

Théoriquement, les dispositions du Code civil sont raisonnables. Pratiquement, elles sont souvent inappliquées, — on ne constitue pas de tutelles pour les enfans pauvres, — et quand on les applique, elles sont médiocrement efficaces.

Les précautions édictées sont impuissantes à défendre l'orphelin contre les négligences possibles et trop fréquentes des tuteurs.

La gestion tutélaire s'exerce censément sous le contrôle de la famille et de la justice. Or, la justice, en ces matières, n'a qu'un rôle passif. Elle n'est saisie que s'il y a scandale, et les scandales sont heureusement rares.

Quant à la famille, elle est ici représentée par deux rouages également ankylosés, la subrogée-tutelle et le conseil de famille.

Les subrogés-tuteurs, sans encourir ni risques ni blâme, peuvent ne rien faire, ou presque rien. Ils abusent de cette faculté, pensant, non sans quelque raison, que leur intervention dans la gestion tutélaire paraîtrait indiscrète.

Quant aux conseils de famille, leurs membres irresponsables, indifférens pour la plupart aux mineurs qu'ils connaissent à peine, choisis en fait sur la désignation des tuteurs, s'évertuent, quand la loi veut qu'on les convoque, à couvrir les actes de ces derniers, bien plus qu'ils ne se préoccupent de contrôler leur gestion et d'éviter leurs fautes.

Ces lacunes de la législation des tutelles, signalées dans tous les ouvrages de droit, sont apparues de même à l'étranger. Les pays du Nord y remédient par ce que les Allemands appellent l'*Obervormundschaft;* cela consiste à instituer, au-dessus de la tutelle familiale, une surtutelle administrative dont la surveillance ne peut être efficace qu'en ne craignant pas d'être tracassière.

Ces vices du système l'ont fait condamner en France toutes les fois qu'on a tenté de l'y introduire. Rappelons l'intéressant débat ouvert en 1903, sur ce sujet, par la Société d'études législatives. L'institution de la « surtutelle » y fut habilement et ardemment, mais vainement défendue par deux maîtres d'une compétence indiscutée, l'éminent professeur Saleilles, si prématurément enlevé à la science, et le regretté Gastambide, frappé glorieusement, au début de la guerre, par les balles ennemies. Leurs argumens n'ont entraîné que peu de convictions.

Rappelons aussi l'accueil assez froid qu'ont reçu les propositions parlementaires analogues, si unanime qu'on fût à reconnaître leur évidente opportunité aussi bien que l'excellence des intentions de leurs auteurs.

C'est la proposition de M. d'Estournelles de Constant, en vue de la création de *conseils de tutelle* où devaient se rencontrer le juge de paix, le maire, les directeurs d'écoles primaires et les délégués des œuvres de patronage.

C'est la proposition de M. Ferdinand-Dreyfus, instituant des *délégués à la tutelle*, intermédiaires légaux entre la famille et la justice. Le contrôle individuel des délégués préconisé par M. Ferdinand-Dreyfus n'a guère trouvé plus de faveur que la surveillance collective imaginée par M. d'Estournelles de Constant.

Or il est dangereux aujourd'hui d'ajourner le problème et d'atermoyer davantage. L'imperfection du régime civil des tutelles est regrettable sans doute, même si les victimes de cette lacune juridique sont peu nombreuses. Elle n'est plus supportable lorsque le nombre des tutelles est lamentablement multiplié et que l'institution devient applicable à des milliers et des milliers d'orphelins.

Que dirons-nous d'autre part du régime de la tutelle nationale organisée pour les pupilles de l'Assistance publique? Pour ceux des orphelins de la guerre qui vont demeurer sans famille, n'offre-t-il pas au moins toute garantie? En quoi pèche-t-il donc?

Je me hâte d'affirmer qu'il ne pèche en rien, et que les enfans élevés par les administrations départementales sous le contrôle légal des Préfets et sous la surveillance effective d'inspecteurs spéciaux, reçoivent les soins les plus attentifs et l'éducation la mieux appropriée à leur condition.

Mais, — il y a un terrible « mais, » — leur condition est celle d'enfans trouvés, d'enfans moralement ou matériellement abandonnés, d'enfans nés de parens de hasard, inconnus ou malhonnêtes. Certes, les pauvres petits n'en sont que plus dignes de pitié, et il ne se trouverait personne en notre temps pour leur faire grief de leur naissance! Cependant ne se sent-on pas choqué par la pensée de confondre avec eux, pour les faire profiter des mêmes soins paternels, les enfans de nos braves paysans tombés au champ d'honneur pour la défense de nos foyers? Les fils des glorieuses victimes de la guerre n'ont-ils pas droit à un traitement de faveur, à un privilège de noblesse, qui ne peut, en aucun cas, s'accommoder de leur inscription sur les contrôles de l'Assistance publique ?

*
* *

Voilà le problème posé sous ses deux faces :

Quelles mesures rendront la tutelle civile effectivement protectrice de la personne et du patrimoine des orphelins pour lesquels on aura le moyen de l'organiser ?

Que convient-il de faire pour assurer l'éducation des orphelins sans famille, c'est-à-dire de ceux qui, si le législateur s'abstenait d'intervenir, tomberaient à la garde et sous la tutelle nationale de l'Assistance publique ?

Le gouvernement a déposé, le 17 juin dernier, un projet de loi qu'ont signé MM. Viviani, Briand, Malvy, Sarraut, Doumergue.

Respectueux du protocole, j'ai cité M. Sarraut l'avant-dernier. La logique eût voulu qu'il figurât en tête de la liste; le projet, préparé à son instigation, sous sa direction personnelle, avec la collaboration d'hommes empruntés aux grands services des ministères intéressés, doit être officiellement tenu pour son œuvre.

Il résout de la manière la meilleure à nos yeux, la plus libérale, la plus loyale, en ce qu'elle fait systématiquement abstraction de toute considération politique, les deux questions posées.

D'ordre essentiellement privé, ses solutions ne doivent soulever aucune passion ; elles ont reçu dans la presse un accueil unanimement favorable. Deux grands parlementaires, spécialistes en cet ordre de questions, M. Bérenger et M. Ferdinand-Dreyfus, les ont honorées d'une approbation sans réserves. Ils étaient, on peut l'écrire sans froisser personne, les deux lumières de la commission sénatoriale chargée de discuter la réforme. Le gouvernement comptait fermement sur leur concours pour déterminer le vote qu'il désirait.

Ce projet cependant n'a plus que de faibles chances de succès. M. Sarraut n'est plus ministre, M. Bérenger et M. Ferdinand-Dreyfus sont morts; MM. Viviani, Briand, Malvy, absorbés par des soucis infiniment plus graves et par des questions plus urgentes, se désintéressent présentement de la réforme. Qui songerait à les en critiquer? M. Painlevé, collaborateur précieux des services de guerre par la direction qu'il a prise des recherches d'inventions nouvelles, n'est pas en mesure de défendre devant la commission sénatoriale ou dans le parlement les conceptions juridiques adoptées par son prédécesseur. Le président de la commission, d'ailleurs, est devenu ministre lui-même; c'est M. Léon Bourgeois, auteur d'une proposition dont l'esprit et les formules sont précisément le contre-pied de ce que M. Sarraut voulait faire prévaloir. L'analyse qui suit permettra d'en juger.

*
* *

Les préoccupations dominantes du projet Sarraut sont les suivantes : pour la réforme de la tutelle, affermissement de l'idée familiale, c'est-à-dire organisation meilleure du contrôle de la famille par la famille; — pour l'éducation des orphelins sans famille, large recours aux œuvres privées, sous la surveillance d'organismes administratifs constitués dans un esprit franchement libéral.

Les idées directrices du projet Bourgeois se résument ainsi : subordination de la famille, quand il en existe une, à une « surveillance sociale » dont les politiciens locaux et les instituteurs publics seront les principaux organes; — quand il n'existe pas de famille, fonctionnement obligatoire d'une tutelle civile à l'aide d'élémens étrangers, et avec des garanties réduites (suppression de la subrogée-tutelle et de l'hypothèque légale) ; cette tutelle est, comme la tutelle familiale, soumise au contrôle hypothétique d'un « tuteur social. »

La collaboration des œuvres privées n'est pas interdite, mais l'existence des œuvres est subordonnée à des conditions à déterminer, et leur fonctionnement sera soumis à la surveillance étroite d'organismes presque exclusivement administratifs.

Comparons les textes.

Nous y trouvons un point commun. C'est l'institution d'offices destinés à faciliter la surveillance de l'éducation des orphelins de la guerre, soit dans la famille, soit, surtout, en l'absence de famille. Le projet du gouvernement laisse au pouvoir exécutif le soin de déterminer la composition de l'*Office national.* Il dit seulement que cet office de quarante membres comprendra pour un quart des représentans des associations philanthropiques ou professionnelles qui s'occupent des orphelins de la guerre.

Les *offices départementaux*, sous la présidence des Préfets, devaient comprendre, sur quatorze membres, six représentans des associations et des syndicats.

Ces dispositions sont inspirées des idées qui ont prévalu dans le parlement, quelques mois avant la guerre, lorsque les Chambres ont délibéré sur les rapports des œuvres et de l'État.

La commission sénatoriale est infiniment moins libérale.

L'office national, composé de soixante-sept membres, ne comprendra que six délégués du « collège des œuvres philanthropiques. »

Les offices départementaux comprendront vingt-huit membres, dont deux représentans élus des œuvres de bienfaisance privée.

Il y aura en outre des sections cantonales de l'office, dont les membres seront choisis « parmi les élus cantonaux, les maires, les instituteurs et institutrices, et les particuliers offrant toutes garanties de moralité, notamment parmi les membres des sociétés protectrices de l'enfance. »

Ces organismes institués, qu'en va-t-on faire?

Pour l'hypothèse où la présence d'ascendans impose la constitution légale d'une tutelle civile, le projet de M. Sarraut n'en fait presque rien. Il a seulement recours à une très légère, très discrète addition au Code civil.

Parmi les rouages de la tutelle, il y en a un qui n'est pas vivifiable, c'est l'organe collectif, le conseil de famille. Pour la plupart des tutelles, il se réunit une fois en tout, pendant un quart d'heure. Son rôle, quand il y a un tuteur légal, se borne à désigner le subrogé-tuteur. Après quoi, le conseil se sépare; il n'existe plus.

Au contraire, il est facile d'utiliser le subrogé-tuteur. C'est un parent proche; en fait, ce sera souvent l'oncle, ou le grand-père paternel. De plus, sa fonction est obligatoire et permanente.

Le subrogé-tuteur ne fait rien aujourd'hui, parce qu'il est irresponsable et que la loi n'exige de lui que très exceptionnellement des actes positifs. N'étant pas obligé, il craint les excès de zèle. Après tout, les affaires de l'enfant « ne le regardent pas. » Elles le regarderont au contraire, si la loi le veut, et dans la mesure où elle précisera ce qu'il doit faire, en le rendant responsable des suites de son inaction.

Le projet Sarraut exige du subrogé-tuteur qu'il accomplisse ce que dès aujourd'hui le Code réclame de lui, — et, de plus, *qu'il affirme par écrit que ces obligations légales ont été observées*. Il le charge en outre d'aviser annuellement, quoi qu'il advienne, le « juge des tutelles » des conditions dans lesquelles il est pourvu à l'éducation de l'enfant.

C'est peu de chose. On est tenté de dire, c'est moins que rien ! Et cependant, tous les hommes de loi reconnaissent que ce sera presque toujours suffisant pour assurer les orphelins contre les négligences qu'il s'agit d'éviter.

J'ai dit : le subrogé-tuteur avisera le « juge des tutelles. » S'agit-il ici d'un rouage nouveau ? Oui, en fait ; non, en droit. Les parquets sont chargés de veiller à l'exécution des lois. Qu'on leur dénonce un abus commis au détriment d'un incapable, ils auront le devoir d'intervenir, et il n'est pas douteux qu'ils le fassent. Nous n'attendons cependant pas que les procureurs interviennent spontanément dans la gestion tutélaire sous prétexte qu'ils sont les gardiens des droits des incapables.

Or, voici qu'on vivifie ce contrôle légal de la justice en voulant que la famille elle-même, par l'un de ses membres, le subrogé-tuteur, avertisse périodiquement le magistrat que tout se passe correctement. Un « juge des tutelles » ou un membre du parquet si l'on veut, sera désigné pour recevoir cette correspondance et pour en tirer les renseignemens et les conclusions qui faciliteront l'exercice de la surveillance légale. — Mais qui nous assure que les tribunaux apporteront à cette partie de leur tâche le zèle qu'on veut leur demander ? *Quis custodiet custodes?* — L'office départemental, répond le projet. C'est là, s'il y a tutelle familiale, son rôle exclusif.

Ce rôle s'élargit, s'il n'y a ni tutelle légale, ni tutelle dative spontanément constituée. Au lieu de relever de l'Assistance publique, l'orphelin doit être alors placé sous la tutelle de l'office départemental. Mais comme l'office est un corps délibérant, et non pas un service administratif, comme il est dépourvu des moyens d'action dont les services d'assistance disposent, la garde de ses pupilles sera conférée à des œuvres privées qui, sous sa surveillance, se chargeront de pourvoir à leur éducation.

Intimement associés à la tâche patriotique que le projet leur réserve, les œuvres se soumettront volontiers aux conditions que le gouvernement pourra juger opportun de leur imposer. Aucun contrôle ne les rebutera. La part faite aux œuvres n'empêchera pas d'ailleurs que des particuliers dignes de confiance puissent obtenir, s'ils le demandent, la garde d'orphelins que les offices voudront bien leur confier. En pareille matière, tous les concours honorables doivent être accueillis.

Tel est, — ou tel était, — le projet du gouvernement. Comparons aux dispositions ci-dessus résumées les principes auxquels la commission sénatoriale a donné la préférence, et qui vont probablement servir de base aux discussions parlementaires.

La commission compte sur l'activité des offices, constitués comme nous l'avons vu, pour assurer l'observation plus exacte des lois civiles et pour surveiller étroitement l'éducation des orphelins. Les offices, sans doute, ne sont que des comités où l'on délibère; ils n'ont pas de représentation active. Il faut pourtant que quelqu'un les renseigne et provoque leurs décisions : ce personnage, en qui se condense toute l'originalité du système, c'est le « tuteur social. »

Le tuteur civil, quel qu'il soit, — mère, grand-père, oncle, ou tuteur datif choisi parmi les amis de la famille, — sera doublé d'un « tuteur social. »

Le rôle de ce tuteur social, dit l'article 21 du projet, est « de seconder l'action morale du tuteur sur l'enfant et de protéger celui-ci dans la vie, de veiller à sa bonne conduite, de s'assurer qu'il reçoit les soins et l'éducation en rapport avec ses aptitudes, avec sa position sociale et sa fortune, sans toutefois s'immiscer dans le libre exercice de la puissance paternelle ou dans les fonctions du tuteur. Il a aussi la mission de renseigner l'office sur les conditions dans lesquelles se développe l'enfant au point de vue tant matériel que moral, et de provoquer, s'il y a lieu, l'intervention de l'office prévue aux articles 19 et 20. »

Remarquez que l'intervention de l'office prévue aux articles 19 et 20 consiste à requérir celle du procureur de la République ou du juge de paix pour prendre contre la famille négligente ou fautive toutes les mesures jugées opportunes!

Le tuteur social est, en définitive, chargé de la police des tutelles civiles.

C'est l'office qui le désigne, ou plutôt la section permanente de sa délégation cantonale, composée des élus cantonaux, des maires, des instituteurs et des institutrices...

Cette conception singulière du « tuteur social » apparaîtrait comme bien chimérique, si l'on n'avait eu la précaution de subordonner la nomination de ce surveillant à la présentation ou à l'agrément des tuteurs civils.

Mais cette précaution même ne supprime-t-elle pas l'efficacité de l'institution? Par quelle vertu particulière les « tuteurs sociaux » ainsi recrutés mettraient-ils plus de zèle à exercer leur fonction de police que n'en ont mis à contrôler la gestion tutélaire, sous l'empire de la législation actuelle, les subrogés-tuteurs choisis dans la famille même? Nous ne pensons pas que le parlement accueille favorablement cette innovation hardie. S'il avait la faiblesse d'y consentir, nous sommes persuadés que les tuteurs sociaux ne seraient tolérés qu'à la condition d'être inactifs, et par conséquent inutiles, ou de comprendre leurs rôles à la façon des parrains, dont la fonction essentielle est d'offrir des étrennes à leurs filleuls.

La commission sénatoriale nous montre au surplus qu'elle craint la défiance des familles contre l'institution qu'elle préconise, puisqu'elle prévoit le refus de tout tuteur social par les mères tutrices ou les ascendans tuteurs. Une telle résistance ferait encourir la perte de tout droit à l'aide matérielle de l'office départemental (article 21, dernier §).

L'institution de la tutelle sociale, organisée en défiance de la famille, fournit la solution du problème pour l'hypothèse où l'enfant reste à la garde de sa mère ou de ses proches. Qu'imagine la commission pour l'enfant qui n'a pas de parens proches et dont elle ne veut cependant pas confier l'éducation aux services d'assistance?

Elle exige des juges de paix, qui, présentement, s'en abstiennent, la constitution spontanée d'un conseil de famille. Ils le composeront d'élémens étrangers. La délégation cantonale, pépinière des tuteurs sociaux, en fournira les membres. Ce conseil, à son tour, désignera un tuteur civil, ou bien l'office sera lui-même investi de la tutelle et la fera gérer par l'un de ses membres ou par un délégué de son choix. Ce tuteur bénévole (car il ne peut être question d'imposer de pareilles charges qu'à ceux qui consentiront à les accepter) sera débarrassé du contrôle d'un subrogé-tuteur; ses biens ne seront pas soumis à l'hypothèque légale; mais il n'échappera naturellement pas à la surveillance du tuteur social. Il semble même que le premier ne soit donné à l'enfant que pour justifier la présence du second. Comment se priverait-on des avantages d'une invention si merveilleuse!

Naturellement, les tuteurs civils, secondés et surveillés par les tuteurs sociaux, ne seront pas obligés d'élever eux-mêmes leurs pupilles. On admet qu'ils pourront se décharger de ce soin sur des établissemens publics, ou sur des particuliers rétribués ou non, — et même sur des associations philanthropiques ou professionnelles... (article 24). « A la demande des tuteurs, les pupilles de la nation peuvent être confiés, *par l'intermédiaire de l'office départemental*, soit à des établissemens publics, soit à des particuliers, soit à des fondations, associations ou groupemens pouvant, par leurs propres moyens ou avec les pensions affectées aux pupilles..., assurer le développement intellectuel ou professionnel des enfans dont ils auront la garde (article 24). »

Mais quoi! Le tuteur ne pourra-t-il donc confier son pupille à un établissement d'enseignement, ou à une œuvre philanthropique, que *par l'intermédiaire de l'office?* N'aura-t-il même pas la liberté du choix quant aux méthodes d'éducation? Alors, que signifie cette promesse de l'article 19 : « L'office départemental ne peut s'immiscer dans le libre exercice de la puissance paternelle ou dans les fonctions du tuteur? » Les deux textes sont évidemment inconciliables, et, malheureusement, le caractère vague du premier lui fait perdre toute valeur, en présence des dispositions précises du second.

Il devra donc être entendu que ce sont les offices et non les tuteurs qui autoriseront les œuvres à recevoir des orphelins de la guerre. Encore ne pourront-ils accueillir que les demandes de celles des œuvres qui rempliront des conditions à déterminer dans un règlement d'administration publique.

Le projet de M. Sarraut prévoyait de même que certaines conditions seraient requises des œuvres associées à l'éducation des pupilles de la patrie. C'était logique puisqu'elles devenaient les collaboratrices normales de l'administration, et les suppléantes bénévoles de l'Assistance publique.

De semblables dispositions ne se justifient plus, si c'est par l'organisation forcée d'une tutelle civile, dépourvue d'ailleurs de ses garanties habituelles, mais renforcée par la tutelle sociale, qu'on entend pourvoir à l'éducation des enfans sans parens. N'ayant plus de rôle exceptionnel, les œuvres ne sauraient être privées de la liberté commune; il serait au moins singulier de les traiter en suspectes, par cela seul qu'elles offrent leur patronage aux pupilles de la patrie.

***

La comparaison des deux projets, celui qui porte la signature des ministres, et celui que la commission s'apprête à y substituer justifie-t-elle nos appréhensions? Le lecteur en jugera.

Nous n'avons accueilli qu'avec une extrême défiance l'indication, publiée par les journaux, d'une adhésion du nouveau ministère aux conceptions de la commission sénatoriale. Pourquoi se hâter de la sorte, et quelle urgence y a-t-il? Une réforme qui touche à nos institutions familiales peut-elle être bienfaisante sans avoir été mûrement réfléchie, et si l'on n'est certain d'avance de l'assentiment presque universel?

C'est dans cet ordre de questions que le législateur manque le plus gravement à son devoir s'il oublie que son rôle n'est pas d'imposer ses désirs et ses volontés à la nation, mais d'être l'interprète des désirs et des volontés de la nation.

Le projet du gouvernement peut être assurément taxé de timidité. On ne saurait répondre qu'il procurera tout le bien qu'on en voudrait attendre. Il a du moins le mérite de ne pas heurter nos habitudes plusieurs fois séculaires et de respecter nos traditions. Nul n'y peut voir une entreprise déguisée contre la conscience des familles, une mainmise des partis politiques sur l'éducation des orphelins de la guerre.

Les auteurs ou les inspirateurs du projet sénatorial n'ont-ils pas aperçu qu'on ne manquerait pas de leur adresser un tel reproche, alors même que leurs intentions ne l'auraient pas mérité?

Paris. — Typ. PHILIPPE RENOUARD, 19, rue des Saints-Pères. — 53223.

www.ingramcontent.com/pod-product-compliance
Ingram Content Group UK Ltd.
Pitfield, Milton Keynes, MK11 3LW, UK
UKHW021018220726
13924UKWH00001B/53